Gilbert **Delahaye** ◆ Marcel **Marlier**

martine

se déguise

casterman

• Découvre les personnages de cette histoire •

Martine

Joyeuse et curieuse, Martine adore s'amuser avec ses amis et son petit chien Patapouf. Ensemble, ils découvrent le monde et vivent de véritables aventures. Une chose est sûre : avec Martine, on ne s'ennuie jamais !

Sylvie

Sylvie est une amie de la maman de Martine. Son métier : costumière ! Elle fabrique des tenues pour les acteurs de cinéma et de théâtre. Le rêve !

Patapouf

Ce petit chien est un vrai clown ! Il fait parfois des bêtises… mais il est si mignon que Martine lui pardonne toujours !

Ce matin, le facteur apporte
une lettre pour Martine.
– Clara m'invite à son anniversaire !
s'écrie-t-elle, ravie.
Et c'est une fête costumée.
Quelle merveilleuse idée ! Martine
est tellement contente qu'elle sautille
en chaussons dans le jardin !

« En quoi je vais me déguiser ? se demande-t-elle.
En fée, en princesse, en chat, en clown, en vétérinaire ? »
Le choix est difficile. Martine hésite.
– Je sais ! Je vais demander à Sylvie ! Elle est costumière : d'habitude, elle fabrique des habits pour les acteurs de cinéma ou de théâtre… Mais elle aura peut-être un petit déguisement pour moi ?

Dès le lendemain, Martine et sa maman se rendent à l'atelier de Sylvie. Sur de grands établis sont posés des tissus de toutes sortes : de la soie et du satin, de fines dentelles et des cotons imprimés, du tulle vaporeux, du velours lourd et soyeux…

– Il y a plein de monde… constate la fillette. Que font tous ces gens ?

– Ce sont les couturiers : ils fabriquent les modèles que j'imagine et que je dessine, explique Sylvie. Puis, ils les font essayer aux mannequins.

Martine est très impressionnée... Et même un peu intimidée !

Alors, sa maman se charge d'expliquer :

– Ma fille souhaiterait un déguisement pour un anniversaire.

Aurais-tu une idée ?

– Que dirais-tu d'un costume de coccinelle, de papillon, de princesse ou de jonquille ?

– Une jonquille ! s'exclame maman. Ce serait original !

– Je préférerais m'habiller en princesse... avoue Martine.

– Si je te prêtais les deux ? suggère Sylvie en l'emmenant au fond de l'atelier. Voici la robe de princesse. Elle te plaît ?

– Elle est magnifique... murmure la fillette en l'embrassant pour la remercier. Surtout la ceinture de perles !

– Tant mieux. Je donnerai l'habit de jonquille à ta maman, et tu feras des essayages chez toi.

– Maintenant, que diriez-vous d'une petite tasse de thé, propose Sylvie.
Un comédien se joint à elles. Il porte un costume de marquis et raconte mille anecdotes amusantes.
Martine l'écoute avec bonheur : ce monsieur est un spectacle à lui tout seul !

Vite, vite, à la maison maintenant ! Martine file dans sa chambre pour essayer ses costumes.

– D'abord, la jonquille… décide-t-elle.

Elle enfile le collant, le justaucorps à collerette, même un chapeau en forme de pétales !

– Pas mal ! Maintenant, la belle robe…

Pour commencer, elle attache deux coussins autour de sa taille pour faire gonfler le jupon. Puis elle enfile la robe.
Une fois costumée, elle s'admire dans le miroir. Elle esquisse une révérence, et le satin brille et ondule.
– J'adore !

Martine danse et virevolte.
– Regardez tous, voici la reine du bal !
Soudain, elle baisse les yeux et aperçoit… un trou !

« Le tissu s'est déchiré ! s'affole Martine. Comment ai-je fait ça ? Je dois le recoudre… sinon Sylvie pensera que je ne prends pas soin de ce qui m'est prêté ! »

Elle file chercher la boîte à couture… puis elle tente de se rappeler comment mamie raccommode les vêtements.

« Je sais ! On pique au-dessus, et en dessous… au-dessus, et en-dessous… Comme ça ! Moustacle, laisse-moi travailler ! »

Martine est très concentrée.

Mais ce n'est pas si facile… L'ourlet est tout froissé, le fil fait des bosses et Martine se pique avec l'aiguille.

Sa maman entre à ce moment.

– Alors, tu as choisi ton costume ? demande-t-elle.

Vite, Martine cache la boîte à couture.

– Je les ai essayés tous les deux mais aucun ne me va… répond-elle sans réfléchir. Je les rapporterai à Sylvie.

Dès le lendemain, Martine retourne à l'atelier.
À l'entrée, il n'y a personne. D'après les voix, toute l'équipe est à l'étage.
« Si je laissais les costumes ici ? songe la fillette. Au moins, je n'aurai pas à m'expliquer… »
Elle pose le paquet sur une table… et se sauve !

Dans la rue, les jours suivants, Martine est très gênée : elle a peur de croiser Sylvie.

« Je n'oserai jamais lui dire que j'ai déchiré la robe… » se dit-elle sans arrêt.

– Martine ! Martine !

La fillette se retourne… C'est Clara qui passe en voiture !

– Monte, on te ramène chez toi !

Martine grimpe à côté
de son amie.
– Alors, tu as trouvé
ton déguisement pour
mon anniversaire ?
– Pas encore…

Martine a tellement honte qu'elle reste silencieuse jusqu'à la fin du trajet, sous le regard inquiet de son amie.

« Je ne peux plus garder ce secret… se dit-elle en traversant le jardin. Je vais tout raconter à maman ! »

Mais avant qu'elle ne prenne la parole, sa mère annonce :

– Sylvie a téléphoné.

Martine pâlit.

– Elle voulait te remercier pour ta surprise. C'était très gentil de ta part d'avoir recousu le trou dans la robe de princesse ! L'ourlet était déchiré depuis plusieurs semaines, et Sylvie n'avait pas encore eu le temps de le réparer.

Martine n'en revient pas.

– La robe était déjà trouée ? Je pensais que c'était ma faute !

– Vraiment ? Mais enfin, Martine, tu n'as pas entendu ce que disait Sylvie pendant le goûter ?

La fillette essaye de se rappeler…

– Non, j'écoutais le marquis. Il était si drôle, avec ses grands airs !

– Il y a un mois, Sylvie a prêté la robe à une jeune actrice, explique maman, mais la jupe était trop longue et la comédienne a marché sur l'ourlet. Sylvie promettait de le recoudre si tu choisissais ce costume !

Martine reste silencieuse un instant… Puis elle éclate de rire !

Quel soulagement !

Martine et sa maman se regardent en souriant.

– Mais il reste encore une question… En quoi te déguiseras-tu pour l'anniversaire de Clara ?

– En vétérinaire ! Avec une chemise blanche pour faire la blouse, le faux stéthoscope de Jean… et surtout, j'emmènerai mes deux petits patients : Moustache et Patapouf !

Retrouve martine dans d'autres aventures !

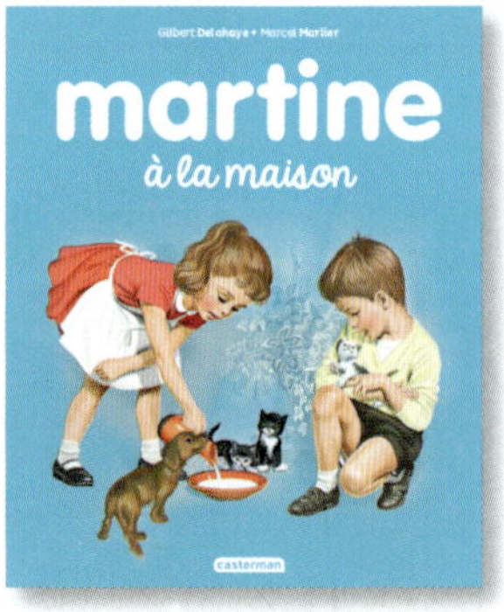

martine
au parc
casterman

martine
garde son petit frère
casterman

martine
fête son anniversaire
casterman

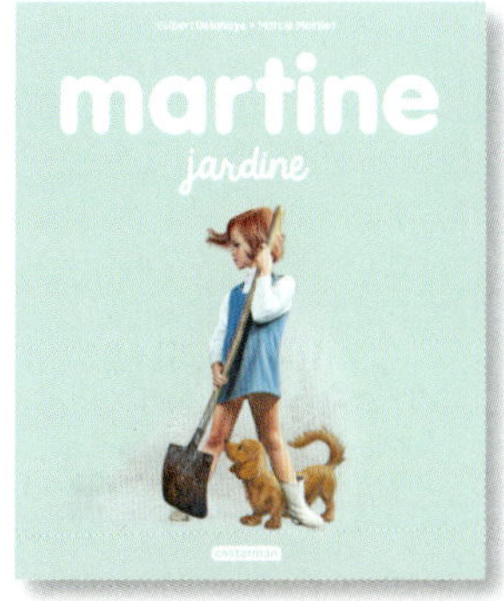
martine
jardine
casterman

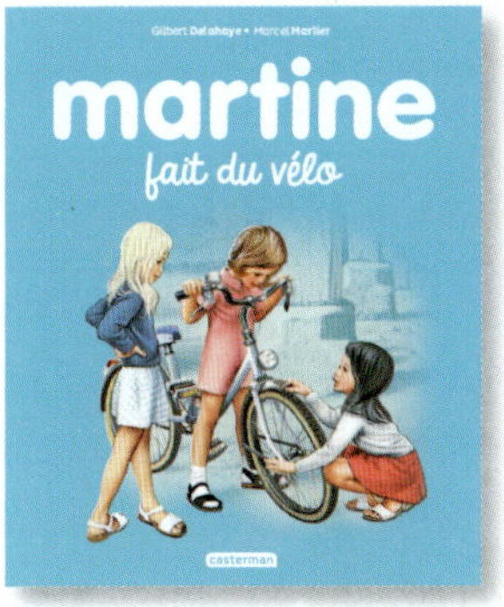
martine
fait du vélo
casterman

martine
petit rat de l'opéra
casterman

martine
à la fête des fleurs
casterman

martine
fait la cuisine
casterman

martine
apprend à nager
casterman

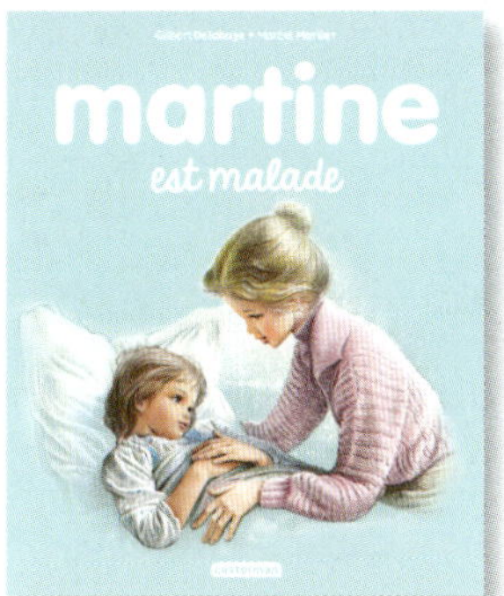
martine
est malade
casterman

martine
en vacances
casterman

martine
prend le train
casterman

martine
fait de la voile
casterman

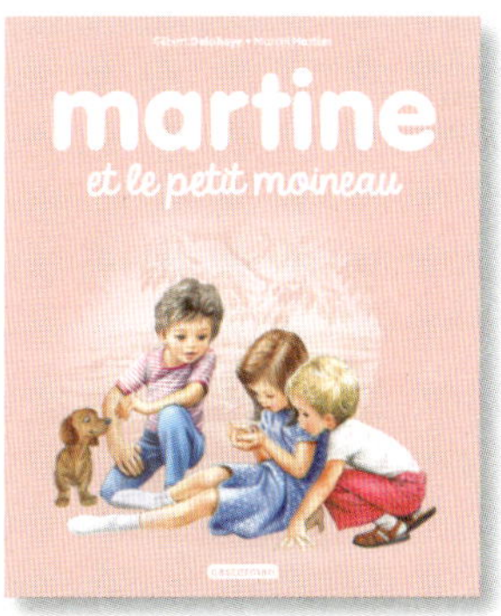
martine
et le petit moineau
casterman

martine
et le petit âne
casterman

martine
fête maman
casterman

Gilbert Delahaye • Marcel Marlier
martine
en montgolfière
casterman

Gilbert Delahaye • Marcel Marlier
martine
à l'école
casterman

Gilbert Delahaye • Marcel Marlier
martine
découvre la musique
casterman

Gilbert Delahaye • Marcel Marlier
martine
a perdu son chien
casterman

Gilbert Delahaye • Marcel Marlier
martine
dans la forêt
casterman

Gilbert Delahaye • Marcel Marlier
martine
et le cadeau d'anniversaire
casterman

Gilbert Delahaye • Marcel Marlier
martine
et la sorcière
casterman

Gilbert Delahaye • Marcel Marlier
martine
un mercredi pas comme les autres
casterman

Gilbert Delahaye • Marcel Marlier
martine
la nuit de Noël
casterman
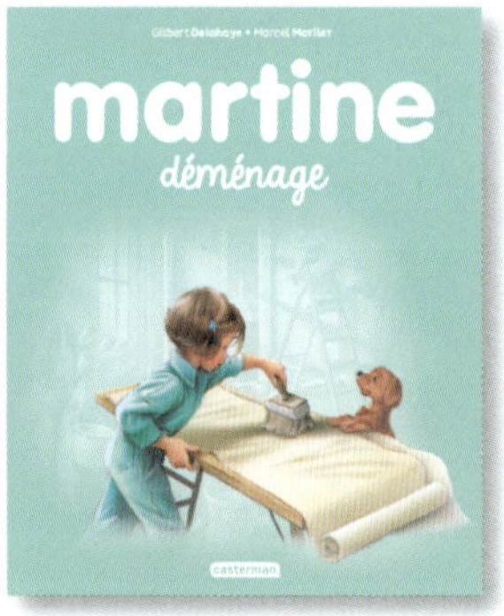
Gilbert Delahaye • Marcel Marlier
martine
déménage
casterman

Gilbert Delahaye • Marcel Marlier
martine
se déguise
casterman

Gilbert Delahaye • Marcel Marlier
martine
et les chatons
casterman

Gilbert Delahaye • Marcel Marlier
martine
et les lapins du jardin
casterman
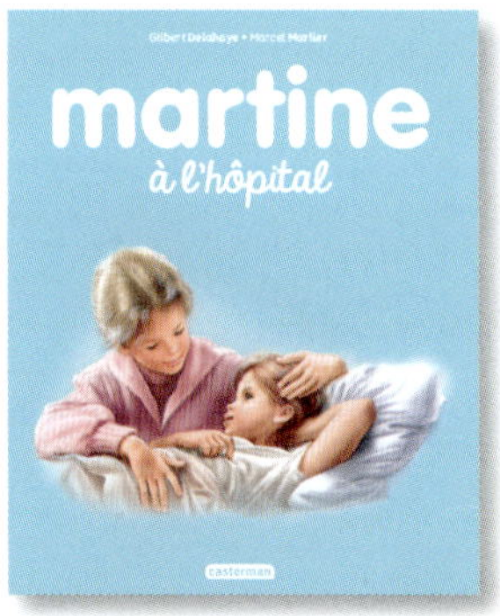
Gilbert Delahaye • Marcel Marlier
martine
à l'hôpital
casterman
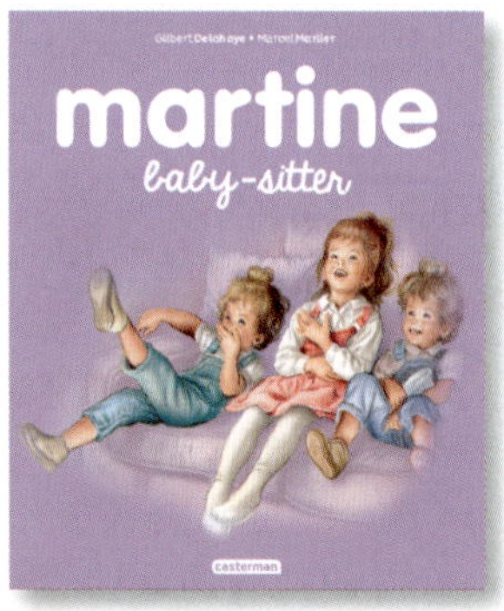
Gilbert Delahaye • Marcel Marlier
martine
baby-sitter
casterman

Gilbert Delahaye • Marcel Marlier
martine
en classe de découverte
casterman

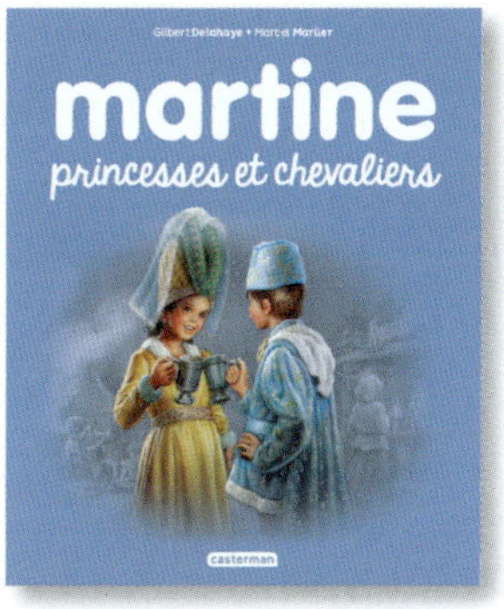

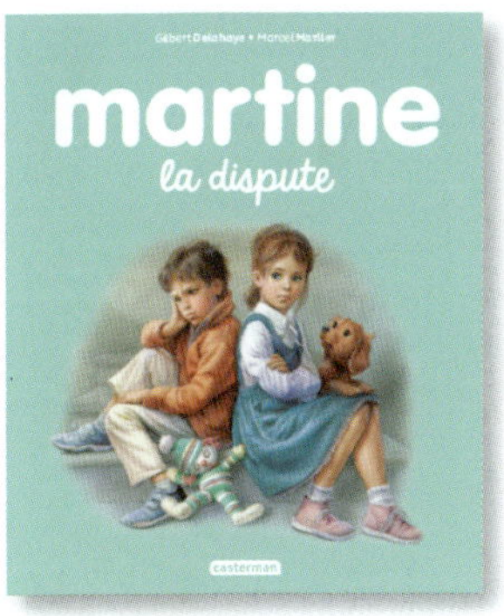

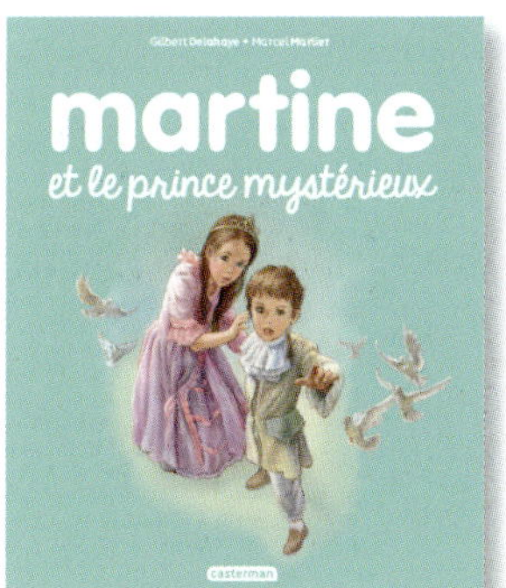

Casterman
Cantersteen 47
1000 Bruxelles

www.casterman.com

ISBN : 978-2-203-10699-4
N° d'édition : L.10EJCN000511.C002

D'après les albums de Gilbert Delahaye et Marcel Marlier.
Achevé d'imprimer en mars 2018, en Italie.
Dépôt légal : octobre 2016 ; D.2016/0053/168
Déposé au ministère de la Justice, Paris (loi n°49.956
du 16 juillet 1949 sur les publications destinées à la jeunesse).